网讯 病吟 风情 悼思 社评 感怀 交谊 清景 畅游

晚霞吟草

黄竹三 著

山西出版传媒集团
三晋出版社

作者简介

黄竹三，广东省开平市人，一九三八年出生。一九六一年中山大学中文系本科毕业，考取中山大学中国文学史研究生，师从著名学者王季思先生攻读中国古代戏曲。一九六五年毕业后长期在山西高等院校从事教学与研究工作。一九八〇年任山西师范大学讲师，一九八六年破格晋升为教授。

曾任山西师范大学戏曲文物研究所所长、中国戏曲学会常务理事、中国傩戏学研究会副会长、《中华戏曲》主编。一九九二年被评为有突出贡献专家，获国务院特殊政府津贴。一九九九年获曾宪梓教育基金会普通高等师范学校教师奖。二〇一三年获第八届全国戏剧文化奖中之「中国戏曲教学与研究终身成就奖」。

曾应邀赴中国台湾地区及美国、日本等多所大学讲学。

著有《宋金元戏曲文物图论》（主编）《元杂剧故事新编》《石君宝戏曲集校注》《山西省曲沃县任庄村〈扇鼓神谱〉调查报告》（合著）《戏曲文物研究散论》《六十种曲评注》（主编）《牡丹亭评注》《中国戏曲文物通论》（合著，分别在内地和台湾出版）《浮生诗草》《黄竹三学术论文自选集》《晚霞吟草》等。

另在海内外刊物发表论文百余篇。

作者照

作者（左二）与恩师王季思先生（中）等合影

作者田野考察时拓碑

作者（右一）与黄天骥先生（中）同获“中国戏曲教学与研究终身成就奖”

作者给研究生颁发学位

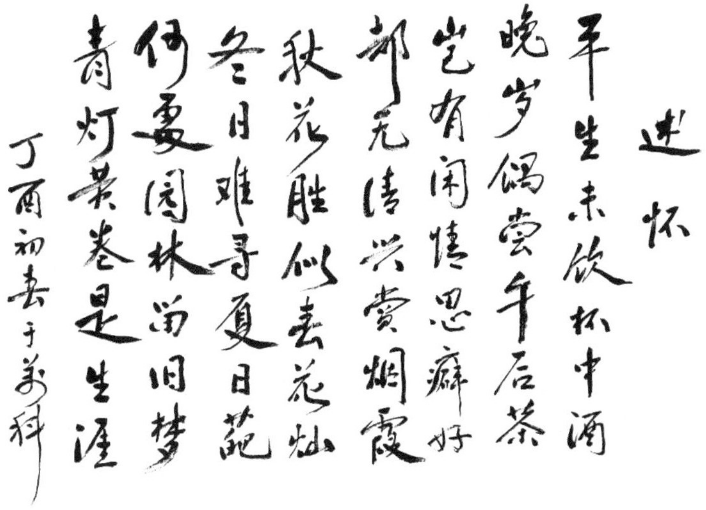
述怀
平生未饮杯中酒
晚岁偶尝午后茶
岂有闲情思癖好
却无清兴赏烟霞
秋花胜似春花灿
冬日难寻夏日葩
何处园林留旧梦
青灯黄卷是生涯
丁酉初春于

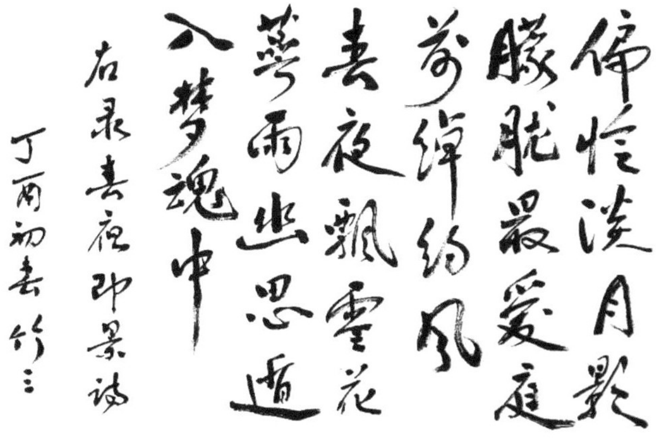
偏怜淡月影
朦胧最爱庭
前绰约风
春夜飘云花
落雨幽思遁
入梦魂中
右录春夜即景诗
丁酉初春 竹三

作者书自作诗

目录

交　谊

感怀

社评

悼思

风 情

病 吟

网讯

小道有高情（代序）

郭启宏

中国文学里的旧体诗词是一个特殊的存在。诗至唐，词臻宋，均已登峰造极，辉煌得不可名状，此后千百年鲜有堪与比肩的天才占得其间一席，若斯高峰只能仰止，不得逾越，恍若古希腊之悲剧。此诗词强大之生命力也夫！有意思的是，后来者并不因之却步，比肩继踵不乏乐此不疲的奔竞者，似也未有定要逐日的夸父，然则高人雅士绵延不绝地出现在邓林过后的长途中。我曾就此请教过前辈、同辈和晚辈的学者，结果是众说纷纭，莫衷一是。我因长年涉足诗词之道，又不识天外有天，斗胆妄议一二。

我赞成其中一种说法，「诗词，小道也」。可能是几千年儒家思想的影响，「修、齐、治、平」早已沁入骨髓，写诗填词也要参天地造化，动辄江山社稷，十分高调，尤其现当代，总忘不了与政治挂钩，且颂歌盈耳，封杀小我。鄙人自幼习诗，迄今七十载，窃以为写诗填词无非抒发一己的即时的胸怀情愫。便是诗圣杜甫，那些针砭时弊的警句，同样是一己即时之生发。谈诗论词，还是应当追本溯源，「诗言志，歌永言，声依永，律和声」（《尚书》），「情动于中而形于言」（《毛诗序》）。诗言志或者诗缘情，说的是诗词的本质特征，此外并无许多政治的附丽。新诗巨擘闻一多先生说过，「废旧诗六年矣，复理铅椠，纪以绝句」，其中有「唐贤读破三千纸，勒马回缰作旧诗」一联。鄙陋揣测，一多先生是否还归诗歌之本体？以此观之，我读竹三君的旧体诗选，直如饮醪。

黄竹三是我大学同窗，又同是客居北国的广东老乡，执大学教鞭六十年，桃李遍天下。这部《晚霞吟草》是竹三兄的第二本诗集（或可认作续集），其内容大抵是纪游、酬唱以及亲友情愫的抒发，亦及于日常生活，诸如医疗、视频、网络、钓弈之类生活情趣，偶也笔触时闻，看似芜杂，随心点染，却处处显现真性情，此诗词小道之正宗也！我很欣赏他《闲居遣兴》一诗：「一自青丝入衰年，闲来偶尔赋骚篇。本无俊句眩人目，岂有豪情似谪仙。五岳梦回萦缱绻，三山归去忆风烟。不为叹老嗟贫语，只看晚霞映丽天。」此翁心态堪夸！又有《两会奇闻》诗，其序曰：「据昔年两会传言，有代表三十余年会上只举手不议政，且沾沾自喜，并以为荣，不知今日尚有此等代表否？」诗曰：「既为代表当议政，为甚从来不建言？三十余年徒举手，独尸其位可光鲜？」此诗颇有聂绀弩之风。还有一诗，甚有情趣，《过襄汾偶遇》：「昔年中山大学黄天骥老师与保成、欧阳二君莅晋，往稷山马村考察戏曲文物，途经襄汾乡间。同行停车问路，一俊俏女孩答道：额（我）不知你（念去声）说球啥哩！问者愕然，同车诸公闻之大笑。追忆往事，诗以记之。山西妹子真风流，语出惊人笑未休。口没遮拦仍可爱，童言无忌直堪讴。」

我观今人写旧诗，笼统地说，有两个群体：一是有学养有功力者，偶一为之，绝无功利心，所奉即小道。其显者如王国维、陈寅恪、吴梅、钱锺书等，鲁迅、郁达夫、聂绀弩亦属此；另一类是言必政治者，所奉自是大道。其领军人物前有郭沫若，其后者未有郭氏之藉藉声名，却为当今官场人物和虔诚的草野诗社所常见。我曾借昆曲《绿牡丹》，为才女车静芳填过一阕《双调过宫·步步娇》小曲，聊幽一默，复图一哂：「诗社多于雨后笋，风雅成脂粉，何来情性真？笑他逢节必诗，酬唱啼鸦阵。怎及我快意遣芳春，霜毫点染云笺润！」

愿竹三君挥毫泼墨，怡情悦性，乐享天年。

畅游

夜游秦淮

夜游秦淮

辛卯初夏，蒙廷信君相邀，赴南京参加教育部高校戏剧、影视、广播专业会议，夜游秦淮，感今昔之巨变，喜而赋此。

金陵自古有秦淮，灯影桨声伴曲哀。百代繁华添艳冶，笙歌今夜入梦来。

注：灯影桨声，语本朱自清与俞平伯同名散文《桨声灯影里的秦淮河》。伴曲哀，语本唐杜牧《夜泊秦淮》诗：「商女不知亡国恨，隔江犹唱后庭花。」

过南京夫子庙

夫子今何在？空余一庙丛。池堙无绛帐，坛久有尘封。
市肆列珠玑，儒冠可扈从？游人如蚁聚，堪叹古流风。

注：池，指泮池，古代学宫前之半月形水池。绛帐，红色帐帷。后汉马融曾设绛帐讲授儒学。后以绛帐代指讲学之处。坛，杏坛，孔子讲学处，相传在曲阜孔庙前。

南京夫子庙

在扬州瘦西湖

游扬州瘦西湖

此泊何名瘦？皆因景色幽。青山映白塔，碧沼隐苍鸠。
念四桥边月，五亭花萼秋。玉人今已杳，何处教吹箫？

注：扬州瘦西湖有白塔、熙春楼、钓鱼台、五亭莲花桥、念四桥诸景，秀色优美。念四桥，即二十四桥。唐杜牧《寄扬州韩绰判官》诗：「二十四桥明月夜，玉人何处教吹箫。」

重游西湖

重到西湖八月中，波光湖影照夕红。多情烟锁苏堤柳，犹记当年沐晚风。

重游西湖

梦游天池

新疆天山上有天池，相传为神话传说中王母娘娘之瑶池，风景秀丽，余二十世纪九十年代参加新疆西域戏剧与戏剧起源学术研讨会往游。昨梦重至，晨起而作。

一缕轻风拂碧衣，梦魂缥缈到瑶池。清波荡漾迎朝日，香雾迷蒙掩晚霓。
未见群仙谒王母，却疑宫阙幻花枝。牛羊遍野如云漫，孰是人间孰玉墀？

注：玉墀，洁白的台阶，以喻瑶池宫阙。

梦游张家界

二十年前，参加湖南怀化辰河目连戏演出及学术研讨会，曾随曲六乙先生往游张家界。昨梦重至，晨起诗以志之。

千重岩壑染岚烟，溪涧潺湲伴漪涟。山鸟向人喧曙色，岸花临水映晚妍。
歌吟美景频呼酒，笑对灵峰数问天。一觉醒来竟是梦，此身不在武陵源。

注：相传张家界为晋陶渊明《桃花源记》所写原型，在湖南省大庸县，今改称张家界市。陶文中述武陵人入桃花源，故其地又称武陵源。

忆江南

青山隐隐水迢迢，梦忆江南景色娇。淡雅轻柔看不足，携回朔北任逍遥。

题梅州客家博物馆

二〇〇一年余赴广州参加濒危特色剧种学术研讨会。会后，得李虎同学相助，往游粤东，参观客家土楼、黄遵宪故居及梅州客家博物馆，以诗记之。

先世缘中土，裔苗自有根。千年居岭表，百代见深恩。
血气注刚勇，文华灿缤纷。豪言汇一语：捱是客家人！

注：客家自宋季于中原徙居岭南，已逾百世，其民品性刚勇，兼重文教，代出名人。客家话称我为「捱」（音 ngai），博物馆正厅中悬一大「捱」字。

梦忆西樵

梦忆西樵

西樵山为粤中游览胜地，山清水秀，余少年时与培正同窗往游，记忆犹新。

梦魂时忆少年游，赏玩西樵兴未休。放浪溪前君记否，此生何日再风流？

游蓝田汤峪

陕西蓝田以产玉闻名于世，兼有名汤，壬辰夏日，余与山西师大诸俊彦往游。

炎夏临汤峪，逍遥秦岭中。山峦凝碧翠，溪涧奏清淙。
谈笑迎飞雨，长啸任骤风。蓝田何所有？美玉盼良工。

注：蓝田在秦岭境，产美玉，唐李商隐《锦瑟》诗有「沧海月明珠有泪，蓝田日暖玉生烟」句。

游蓝田偶成

一到蓝田心境宽，青山扑面水潺潺。云横秦岭连天碧，水暖名汤绕峪旋。
太乙有岩容隐世，终南无径入朝班。蓝桥不见神仙窟，可上灵峰叩玉关？

注：蓝田汤峪温泉，世所传名，誉为「天下第一汤」。太乙，山名，即终南山。唐代士大夫多隐居于此，后被召入朝为高官，故有「终南捷径」之语。今此地可容隐居，然难入仕矣。又，蓝田境内有蓝桥，相传为遇仙之所。唐裴铏《传奇》载，秀才裴航遇樊夫人，得其赠诗：「一饮琼浆百感生，玄霜捣尽见云英。蓝桥便是神仙窟，何必崎岖上玉清？」后裴航于蓝桥求浆，遇仙女云英，得偕连理。

中州怅思

漠漠平畴淡淡烟，中州日晚景相连。黄龙古镇迹犹在，汴水瓜州渡已湮。
慨叹浮生如梦幻，堪怜俗事可魂牵。如斯心绪谁人识？翘首怅然望暮天。

注：黄龙、汴水瓜州，均见前诗注。

游天龙山

天龙山在山西省太原市西南，碧峰黛立数千丈，宛若游龙，故名。山上有北齐以来石窟百十，为世罕见。又，太原古称晋阳，为藏龙卧虎之地。南北朝时为东魏都城，高欢于天龙山建避暑离宫。隋时李渊于此起兵反隋，建立唐朝。二〇一二年八月，余访五台山后与游。

天龙万仞碧云间，跃上葱茏千百旋。远眺晋阳龙虎地，还寻东魏清凉渊。
一生有幸迷红陌，百岁无心入紫烟。何当携春游五岳，不须再费买花钱。

注：「跃上葱茏千百旋」，语本毛泽东七律《登庐山》：「一山飞峙大江边，跃上葱茏四百旋。」入紫烟，喻出世之想。「不须再费买花钱」，语本宋俞国宝《风入松》词：「一春常费买花钱，日日醉湖边。」此处反其意而用之。

重游五台感赋

二〇一二年七月，余重到五台山参加学术会议，期间瞻拜台怀诸佛寺，感受禅意，归而有作。

又到灵山百卉开，心香一瓣敬如来。梵音呗语传陬野，始信佛光在五台。

重游五台

游开封精忠庙

开封怀古

一九八五年秋，余赴郑州参加中国古代戏曲学术讨论会，期间得游七朝古都开封。二十七年后，藉中原戏剧文化国际学术研讨会之机，重游其地，感慨良多，撰成一律，以寄怅怀。

中原古汴又重游，漠漠平林过雁秋。玉阙朱阑无觅处，金风凉月伴荒丘。
黄龙剑气千年永，汴水哀思万古流。古往今来情未了，长啸怅望天悠悠。

注：古汴，指开封，宋代开封为京城，称汴京。玉阙朱阑，指七朝古都宫室。黄龙，开封近郊的黄龙镇。南宋岳飞抗金，誓言「直捣黄龙」，「还我河山」。今镇内存岳飞塑像及精忠庙。汴水哀思，语本唐白居易《长相思》词：「汴水流，泗水流，流到瓜州古渡头，吴山点点愁。思悠悠，恨悠悠，恨到归时方始休，月明人倚楼。」

重游普救寺

佛寺行吟秋复冬，梵音幽径夜朦胧。于今惟有西厢月，可照莺娘梦寐中？

重游普救寺

过襄汾偶遇

昔年中山大学黄天骥老师与保成、欧阳二君莅晋，往稷山马村考察戏曲文物，途经襄汾乡间。同行停车问路，一俊俏女孩答道：「额（我）不知你（念去声）说球啥哩！」问者愕然，同车诸公闻之大笑。追忆往事，诗以记之。

山西妹子真风流，语出惊人笑未休。口没遮拦仍可爱，童言无忌直堪讴。

游壶口瀑布

往岁与启宏、福才、树元、黄蔚游壶口，以黄河作背景，骑驴作势留影，立此存照。

诸公骑马我骑驴，布帽歪斜未捋须。身后黄流滚滚至，扬鞭呐喊过沟渠。

游壶口瀑布

游龙华

龙华寺为沪上古刹，殿宇崔嵬，花香四溢，为民众假日游赏之地。余往岁参加中日宗教戏剧会议得游，忆而记之。

龙华有古寺，供奉众佛陀。宝刹泛灵光，梵音诵摩罗。
香积厨食美，幽径茜花多。经忏无心礼，郊游奈若何！

注：摩罗，梵语 molo 之音译，意为念珠，佛徒诵经时用以记数的随身法具，念经时以梵语诵读。香积厨，佛寺斋厨的别称。龙华寺以素食闻名沪上。

游北岳恒山

云中多古迹，佳处数恒山。佛殿星罗布，梵音天际旋。
苍松凝翠柏，清涧映碧岚。北岳幽深处，灵光现玉关。

注：云中，唐代郡名，在今山西省大同市。

游北岳恒山

春游摘草莓

春游摘草莓（二首）

一

农家大院栽红莓，叶润花繁晴气催。茜色晶莹赛玛瑙，汁鲜味美胜香醅。
踏青路遇宜摘撷，消夏专来莫徘徊。勿谓人生多苦况，名花佳果可相偎。

二

春游觅草莓，农户大棚栽。花叶相辉映，清香悬垄台。
晶莹鲜欲滴，殷色染珠胎。芳馥留齿颊，明朝君再来。

注：垄台，高出地面种植草莓的埂台。

游北京和园景逸园林

游北京和园景逸园林（二首）

和园景逸园林位于北京顺义温榆河畔，湖光树影，花草遍野，宁静优雅，为民众假日游憩之所。丁酉清明，余往游之。

一

春花脉脉草青青，丽日寻芳抒逸情。莫谓京华无秀色，此行清赏动心旌。

二

春山漠漠水悠悠，夹岸沙堤小径幽。树影重重留恋处，京城堪称第一游。

清景

春意

千娇百媚众芳开，小立春前抒老怀。不欲芜词污艳色，叵耐缪斯逼人来。

注：缪斯，希腊神话中文艺女神musis的音译，此处指诗意。

春雪

壬辰岁初，瑞雪迎春，偶得芜句，寄赠诸君。

玉龙蜕甲降瑶台，白絮纷扬笼九垓。最是一年春意好，雪霑梅蕊带香开。

注：玉龙蜕甲，语本宋张元《雪》诗：「战罢玉龙三百万，败鳞残甲满天飞。」形容漫天飞雪。白絮纷扬，喻雪花飞舞。九垓，九州，普天之下。

新岁试笔

应期春暖百花开，嫩紫娇红映碧苔。纵目云山皆画意，清风明月伴诗来。

新春喜雪

祥瑞漫天白絮飘，推窗惊见碎琼瑶。江山信美是吾土，素裹红妆春更娇。

注：琼瑶，美玉，此喻冰雪。江山句，语本元虞集《至元改元辛巳寒食日示弟及诸子侄》诗：「江山信美非吾土。」此处反其意而用之。

万科春早

芳草呈新绿，香馨次第开。东风何浩荡，春色袭人来。

新春祝愿

应怜琼玉降瑶台，雪霁天青百卉开。又是一年春意好，阴霾不再缪斯来。

附：阎春同学和诗

袖藏刀笔入兰台，楚简秦编今复开。校书不知春日好，偏喜贵人鱼雁来。

喜雪

京中初春喜雪，仿唐韩翃《寒食》诗作。

京城无处不飞花，素裹银装御柳斜。雨水过后凝霜雪，迎来瑞气遍天涯。

注：雨水，节令名。丁酉岁雨水过后，北国喜降瑞雪，有助墒情，万民欢愉。

月夜春色

月色溶溶夜，花开寂寂春。风微垂柳拂，竹影动幽人。

春夜即景

偏怜淡月影朦胧，最爱庭前绰约风。春夜飘零花萼雨，幽思遁入梦魂中。

春寒

春寒料峭竟如何，漠漠阴霾冷意多。欲倩东君催煦气，晴光朗照丽山河。

春晚

春晚出门，但见小区百花争艳，柳絮飞舞，仿元乔吉小令〔凭栏人〕《金陵道上》诗意戏作。

一生为倦客，浪迹天之涯。柳絮迎风舞，扑头添鬓花。

附：乔吉〔凭栏人〕《金陵道上》

瘦马驮诗天一涯，倦鸟呼愁村数家。扑头飞柳花，与人添鬓华。

惜春

春风又赋小园中，杨柳桃花绿间红。却叹东君行渐远，幽思不觉上眉峰。

初夏观荷

赤日临初夏，熏风伴暑来。幺荷才露角，岸柳已新栽。
掠水飞雏燕，弄晴映碧台。纳凉须水榭，莲叶远尘埃。

注：幺荷句，语本宋杨万里《小池》诗：「小荷才露尖尖角」，描写初夏荷塘景色。

端午江风

五月榴花耀眼红，黎民夏日沐江风。龙舟竞渡缘屈子，千里流俗万世崇。

秋韵

澄明八月桂花香，金菊繁开遍地黄。寂寞姮娥愁素魄，清光如水照秋凉。

中秋望月

夜色凉如水，披衣起院庭。天开清镜满，人望玉轮盈。
仙兔寒杵重，嫦娥舞袖轻。何当赴朗月，共赏桂花菁？

注：清镜、玉轮，皆指月亮。仙兔句，古有月中玉兔捣药之传说。菁，花草茂盛。

秋夜望月

天开清旷月，人望广寒宫。殿阙凌虚影，嫦娥舞袖红。
玉轮呈皎洁，桂子落飘风。金露凝初冷，愁生寂夜中。

重阳秋色

九九重阳日，香山任去来。白云浮塞外，红叶遍山隈。
秋色笼寒意，菊繁蕴茂才。与君相约定：高岭一快哉！

秋夜赏竹

竹韵心常羡，清宵筠翠迎。一丛筛月影，千叶簌秋声。
节劲知刚正，中虚见玉莹。洵洵君子意，万世仰冰晶。

注：筠，竹子。筠翠，翠竹。

冬夜飞雪

岁末朔风起，京华白絮霏。玉龙冬蜕甲，银凤夜侵扉。
梅蕊清香沁，松阴月韵微。来年花更好，瑞兆报春晖。

注：霏，飘舞。玉龙蜕甲、银凤侵扉，皆喻瑞雪飞舞。玉龙句，语本宋张元《雪》诗：「战罢玉龙三百万，败鳞残甲满天飞。」

冬日抒怀

岁暮年将近，天阴冷紫氛。寒梅初绽放，冻柳未精神。
浓雾愁长日，严霜思懿亲。时为清籁夜，风雪待归人。

莳英园

蜿蜒花径绕湖延，白玉亭台碧水渊。琅琅书声传不断，春风又过莳英园。

注：蒔英园原是临汾市公园，后并入山西师范大学，为师生读书休憩之所。园名为余所撰，意谓前为园林、今乃培育英才之地。

山阴道上

山阴道上景相迎，欲赋诗骚绘芳馨。绮语丽词难采撷，皆缘风雅重新清。

注：山阴句，语本南朝宋刘义庆《世说新语·言语》：「王子敬（王献之）云：『山阴道上行，山川自相映发，使人应接不暇。』」

江 景

大江流日夜，平野沐东风。和煦心欢畅，闲看万丈峰。

喜见湘西大桥

二〇〇二年三月三十日央视新闻报道，长沙至重庆高速公路建成，桥梁隧道数十座，蜿蜒穿越湘西武陵山区，极为壮观。其中德夯大峡谷矮寨悬索大桥长逾千米，渊临百丈，气势若虹，疑为天公巧作，感而赋此。

一桥飞架武陵山，宛若游龙跃碧岚。掣电腾升紫塞外，乘风欲上彩云端。
万重丘壑连绵见，千里湘渝倏尔还。拜谢天工巧运作，长虹现处苍生欢。

戏以词牌写景

远看浪淘沙，近观蝶恋花。皆因眼儿媚，错认斗蛤蟆。

注：浪淘沙、蝶恋花、眼儿媚、斗蛤蟆，皆词牌名。

交谊

观关勤影展

三十年前，关勤小兄赴新疆西藏采风，为西部摄影始创之旅，成果斐然。三十年后，又有新视觉摄影佳作出展。观后情思激荡，喜而赋诗以贺。

壮怀激越忆当年，西上昆仑谒玉仙。艺海沉浮三十载，赢来妙韵竞前贤。

俊彦到访喜赋

辛卯仲夏，琳琳、学锋、繁之、继超、徐翠五博士到访，喜而赋此。

京华久处事无为，漫卷诗书忆采薇。俊彦翩翩联袂至，蓬门茅舍顿生辉。

注：采薇，《诗经·小雅》篇名。又，汉曹丕有《善哉行·上山采薇》诗。

贺寿

俊杰先生七十大寿兼从教五十周年，诗以贺之。

一生磊落见休明，年届古稀松柏青。翰苑芳菲五十载，更留风雅伴春星。

注：休明，美好清明。

电传莺语

癸巳新正电话，得闻美青燕语莺声，感而有作。

燕山飘瑞雪，遥望汾河东。飞电传莺语，新春花更红。

女彦到访

和高爱辰【鹧鸪天】词

相聚平阳应有缘，卅秋分袂思联翩。雁门汾水时怅望，白发难搔感慨添。
鱼雁至，绮窗前。俊词喜诵日西偏。愿祈明月长相照，满目花红柳色鲜。

附：高爱辰【鹧鸪天】词原唱

道是无缘却有缘，春风曾坐忆联翩。非时岂得窥堂奥，遗恨终生感慨添。
鸿远至，喜空前。吾师未弃我居偏。持观枕上时浑忘，不觉临窗晓色鲜。

注：白发句，语本杜甫诗：「白头搔更短，浑欲不胜簪。」

女彦到访

辛卯寒冬，传媒大学勇凤、建华、徐翠三女博士踏雪到访，喜而赋诗。

地僻柴门久不开，青灯黄卷伴菲才。推窗惊见连天白，女彦飘香踏雪来。

二〇〇七年，与麻国钧先生在五台山

谢麻君

余与保全所著《中国戏曲文物通论》申报中华优秀出版物奖，承蒙麻君国钧推荐，诗以谢之。

卅载辛劳在野途，草成芹论苍颜舒。他年得傍芳菲誉，拜谢麻郎一纸书。

壬辰初雪喜迎友朋到访

瑞雪迎风舞，琼花遍碧埃。红梅初绽放，知是故人来。

新春贺岁

新正迎飞雪，举杯忆故人。蜗居无所有，聊赠一枝春。

与黄玉杰同学在寒舍

敬呈万科银发关怀小组

人生何处不相逢？·银发关怀有蕙风。雪压梅花香不断，万科园里夕阳红。

瑞雪迎春

癸巳初春，燕山大雪，喜迎玉杰女俊到访。

每逢瑞雪漫天扬，便有红妆喜添香。未扫柴门难待客，央来梅蕊吐芬芳。

谢友朋到访

平阳分袂四十年，今岁景龙、景胜、一发、志和、蝎生、永泽、向山扶桑出游，归而至寒舍叙旧，喜而感赋。

花谢花开四十年，京华聚首忆芳妍。太行雄浑峙松柏，汾水清幽泛漪涟。
鸿鹄冲霄存壮志，鲲鹏展翼上摩天。衰翁喜看春烂漫，绿柳红葩梦已圆。

友朋到访合影

与曾永义先生在一起

敬和曾永义先生七律

人生七十已高歌，曾老古稀意若何？激越襟怀评世事，豪情岁月未蹉跎。
笔耕万卷惊凡俗，绛帐千重却冲和。白发凌霜成伟业，举杯欢庆醉颜酡。

附：曾永义先生原唱

岁尾年头感慨多，浮光掠影未蹉跎。名山事业盈几案，世运蜩螗可奈何？
学术弘扬惟敬谨，胸怀壮烈苦消磨。凌霜白发秋萧瑟，展卷孤灯只放歌。

步韵敬和黄天老师《中秋》诗

碧空朗月照楼台，快意嫦娥舞袖开。盛世神州多欢娱，仙姬何不赋归来？

注：中山大学教授黄天骥先生德才兼备，师生均尊称其为黄天。

与黄天骥老师（左）、唐保成在一起

附：黄天老师《中秋》诗原唱

清清秋月到楼台，醉里嫦娥酒靥开。笑问渊明何梦梦？上林不赋赋归来。

注：上林，汉司马相如赋名。归来，晋陶渊明所作《归去来辞》。

步韵敬和启宏学兄《南旋偶书》诗

新诗诵罢近中秋，韵美词工竞献酬。不须闲愁时念记，曲坛享誉且优游。

附：启宏学兄《南旋偶书》原唱

檀山一瞬已三秋，双鬓欲凋志未酬。暂把闲愁寄脑后，班师且作逍遥游。

与郭启宏学兄在中山大学

步韵敬和震元学兄《壶口观瀑》五律

壶口观飞瀑，黄流映碧天。山风吹雾散，岸花灿欲燃。
岩巉惊鬼斧，水激展新颜。盛世黎民幸，河清梦将圆。

附：震元学兄《壶口观瀑》原唱

壶口迎朝日，飞流势薄天。怒吼成泥雾，奔腾石欲燃。
河床留胜迹，宾馆展新颜。万代生民苦，河清梦待圆。

和重阳同学《登岳阳楼》诗

忆昔曾上岳阳楼，磊落襟怀寄九州。吴楚千峰呈碧翠，洞庭万顷放渔舟。
常吟屈子离骚赋，时记范公天下忧。万古波涛歌盛世，乾坤彩笔绘鸿猷。

附：马重阳同学《登岳阳楼》原唱

巴陵寻胜岳阳楼，际水连山壮九州。翠涌千峰腾紫气，碧涵万顷竞渔舟。
追思远眺屈原庙，乐世长怀范氏忧。试看今朝湘楚地，云蒸霞蔚再鸿猷。

注：屈子，屈原，战国时爱国诗人，《离骚》为其代表作。范公，范仲淹，宋代名臣，其《岳阳楼记》有名句：「先天下之忧而忧，后天下之乐而乐。」天下忧指此。鸿猷，宏伟的计划。

步韵和琳琳同学《叹才尽》诗

白发常搔虽未颖，刘郎才气赛江郎。坎坷去尽豪情在，今日功成笑孔方。

注：江郎，指南朝江淹。据《南史·江淹传》，江淹少时有文名，晚年诗文无佳句，人传云江郎才尽。孔方，钱的谑称。旧时铜钱外圆，内有方孔，故称。末句云琳琳今日事业有成，不以金钱为念也。

附：刘琳琳同学《叹才尽》原唱

白头搔短难成颖，才尽不敢笑江郎。神笔岂随郭璞去？廿载蒙尘为孔方。

与刘琳琳同学合影

注：神笔句，语本南北朝钟嵘《诗品》：「（江）淹罢宣城郡，遂宿治亭，梦一美丈夫，自称郭璞，谓淹曰：我有笔在卿处多年矣，可以见还。淹探怀中，得五色笔以授之。尔后为诗，不复成语，故世传江郎才尽。」

贺文明升任

据山西师大校园网消息，经考核推荐，文明同学被任命为山西师范大学副校长，赋诗以贺。

欣闻喜鹊喧春时，柳绿花红起绮思。
卅载辛劳终有报，凤凰飞上更高枝。

贺李虎荣任教厅

据新闻报道，广东省十二届人大常委会第三十二次会议决定，任命景李虎为广东省教育厅厅长。忆昔余与李虎三晋共学，以师友相称，今得佳讯，诗以贺之。

犹忆当年绛帐中，书生意气贯长虹。
岭南今日传佳讯，还望明朝再建功。

贺继红获奖

微信传来佳讯，继红同学被评为有突出贡献专家，获二〇一六年度国家特殊津贴。至今山西师大戏研所获此荣誉者四人，可喜可贺，诗以志之。

东君三月拂春风，舞尽繁花夕照红。感佩张郎劳日夜，为他人立嫁衣功。

附：继红同学和诗

三月春和送惠风，恩师赐诗教继红。作嫁兀兀穷日夜，未敢草草废事功。

注：继红同学自山西师大研究生毕业后，一直在三晋出版社（原山西古籍出版社）工作，任社长兼总编，刊印古籍，出版研究中国传统文化的学术著作，嘉惠士林，「为他人立嫁衣功」指此。

赠李虎继红保全

李虎、继红、保全曾随余攻读硕士学位，以师友相称。毕业后均有所成，嘱余诗以记之，不敢违命，谨以芜词呈上。

新苗出土逢欣雨，甘露滋浥节节长。枝叶葳蕤成卓异，百花丛里更芬芳。

与继红同学

赠白新生教授

昨读山西师范大学校友会所发白新生教授忆师大一文，有感而作。

风姿秀雅女英豪，犹记当年白校书。三晋杏坛龙中凤，至今霜染在征途。

注：白新生，我国著名历史学家白寿彝女公子，山西师范大学教授，教学科研成绩突出，被评为全国「三八红旗手」，享受国务院政府特殊津贴。校书，本为古代掌校典籍官员，唐代胡曾《赠薛涛》诗有「万里桥边女校书」句，后以女校书称能诗文之女子。

贺山西师大中文系七三届同学聚会

汾水汤汤逝未休，平阳白发又重游。诗书三载同披读，风雨五洲共患忧。
老去雄心今尚在，少时意气仍挥遒。何当再展拿云手，万里江天显风流。

贺山西师大中文系73届同学聚会

与李虎在广东开平

与赵慧先生在一起

敬呈赵慧前辈

赵慧老师为革命老前辈，新中国成立前经受战火洗礼，新中国成立后遭际坎坷，「文革」后任山西师范大学中文系党总支副书记，改革开放，调任国务院幼儿园园长。教育后学，为世所范，余心仰之。

刚毅慈和劲且柔，烽烟淬火拯神州。毕生不慕名与利，傲煞人间万户侯。

书赠寒枫

丹叶经霜色更红，品高不让老苍松。深山寂寞人未识，且待英才颂晚枫。

书赠蓝狐大侠

蓝狐大侠者，女彦高力夫是也。大侠风神秀逸，博学多才，为同侪冠。与余曾以师友相称，敢书一绝以赠。

自古幽燕盈浩气，风云际会见菁英。蓝狐侠女谁得似？秀雅多才玉娉婷。

蓝狐大侠高力夫

与刘志和合影

书赠志和

磊落光明远仕途，谦和敬老自心舒。扶危济困寻常事，不愧人称大丈夫。

书赠黑特

其名曰黑特，仪态却清芬。禀性刚且毅，从学钻弥深。
纵谈天下事，把酒畅论文。笔落惊风雨，书成降紫氛。

注：紫氛，紫气，喻祥瑞。

与王黑特及传媒大学博士生

同窗欢聚

同窗欢聚

六十年前，余于广州培正中学就读，绛帐情深。今岁同窗东山相聚，追忆往事，感慨系之，因有此作。

欢聚东山忆旧游，丰神秀逸共歌讴。耄耋翁妪身仍健，犹记当年马骝头。

注：马骝头，广东称猴子为马骝，学生活泼好动者，喻之为马骝头。

感怀

读史

秋灯荧翠帏，寂夜览芸编。往史多堪叹，忧思年复年。

岁晚感叹

新春贺岁，闻研究所有同仁拟西行高就，感慨系之，夜不能寐，晨起而作。

岂有柔情似旧时，花开花落两由之。百年相聚终须散，且看新芽发嫩枝。

注：岂有二句，语本鲁迅《悼杨铨》诗：「岂有豪情似旧时，花开花落两由之。」此处略改。

偶感

也曾欢愉作长歌，更有哀愁呼奈何。世事烟云皆梦幻，且将心绪寄星河。

闲居遣兴

一自青丝入衰年，闲来偶尔赋骚篇。本无俊句眩人目，岂有豪情似谪仙。
五岳梦回萦缱绻，三山归去忆风烟。不为叹老嗟贫语，只看晚霞映丽天。

校友重逢

二〇一一年，中大中文系五七届同学毕业五十周年聚会，感时忆旧，诗以志之，敬呈诸同窗哂正。

半百春阴倏尔过，峥嵘岁月已蹉跎。虎门烽火连烟雨，康乐书声伴浩歌。
地北天南重聚首，童颜白发感怀多。何当共舞屠龙剑，四海三江斩蛟鼍。

注：中山大学建于广州河南康乐村，校区称康乐园。余等在学期间，得名师指点，孜孜苦读。又曾到虎门、茂名、揭阳等地参加社会实践，经历风雨。

校友重逢荔枝湾

昔日龙吉村破窑

重回龙吉村

一九七〇年，余下放山西省大宁县龙吉村，凡三载。四十年后，重游其地，但见家家新居，户户水电，桃园李圃，瓜田花畦，沟壑青青，松涛阵阵。村民下地，皆乘摩托，相互联系，多用手机，与昔之田园荒芜、土窑破旧、食不果腹迥异。又与村中旧识新知欢聚，少俊野老，笑语盈盈。观今昔之巨变，感慨系之，夜不能寐，遂成一律。

一去龙吉四十龄，重来今日睹芳菁。彦才潇洒欢相会，野老耄耋喜语迎。
百亩香飘桃杏笑，万丛风送柏松青。农家户户皆康乐，我为歌吟上太清。

戏作黄诗

不才去岁偶作打油三百，戏仿《唐诗三百首》名，称「黄诗三百首」。或曰：「以此名出版，人争购之，当今洛阳纸贵。」此语传为笑谈。昨志峰发来 e-mail，嘱再作「黄诗」。遵命为之，既有此作。

诗成三百拟名之，仿效前贤称「黄诗」。
诗本不黄疑有色，万人争睹笑嗤嗤。

偶作

古人训言，读万卷书，行万里路。竹三一生青灯黄卷，老于牖下，不务经济，不谙世事，良可叹也。晚岁省悟，遂有此作。

黄卷青灯陋室中，春风拂面寄情浓。行吟万里更堪羡，何必一生做蠹虫。

冬日飞雪

丙申冬月，京中飞雪，孑立庭前，偶有所感，草成一律，呈君哂正。

白絮纷扬欲浩歌，庭前孑立却吟哦。梅香雪瑞缘底事？黄卷青灯感慨多。
岁月蹉跎成老朽，闲居落寞意如何？劝君更尽杯中酒，且向春前念弥陀。

附：杨慧同学和诗

丙申冬月，平阳微雨。兀坐几前，喜得夫子七律。读毕，顿觉窗外又添几许忧悒之气。想先生笔耕有年，

余七十初度时，与友朋游览应县辽代木塔

广育英才，文籍满腹，业成而德备，行正而声彰，竟有此萧瑟之声。戏作打油一首，以效续貂之用。夫子一粲。

霰雨霏霏梵铃歌，他诗吟罢此诗哦。未闻远乡江湖事，哪管庙堂纷纭多。
中书作君即不朽，孔方为兄又如何。文辞满腹皆化酒，俗尘弗惹亦佛陀。

附：吕文丽同学和诗

终风且霾对酒歌，半世蹉跎难吟哦。深宅欲避尘俗事，奈何尘俗事偏多。
无为有处即不朽，曰名曰利又如何。今朝且醉今朝酒，歌罢好了念弥陀。

七十八岁初度感赋

不才七十有八矣，病卧清斋，初度有作。

人生七十已欢歌，老朽添八又若何？过眼烟云观世事，豪情岁月渐蹉跎。
笔耕万言皆画饼，绛帐一重总冲和。休向逝波诉落寞，且将块垒化颜酡！

注：冲和，淡泊平和。

叹雕虫

毕生黄卷青灯中，不会雕龙只雕虫。觅句寻章成甚用？可怜老去望苍松。

冬雪感怀

辛卯冬月，大雪纷飞，勇风凤、建华、徐翠诸女彦翩然到访。今冬又雪，遍地琼瑶，追忆往事，感而赋此。

也曾飞絮漫天扬，轻启柴门见红妆。又是一年冬雪好，遥忆梅蕊伴诗香。
人生有幸多欢愉，世事无常少韵芳。苍狗白云随它去，春前莫负玉茫茫。

述怀

平生未饮杯中酒，晚岁偶尝午后茶。岂有闲情思癖好，却无清兴赏烟霞。
秋花胜似春花灿，冬日难寻夏日葩。何处园林留旧梦？青灯黄卷是生涯。

寄情（二首）

一

书香花气两清芬，独卧孤斋欲断魂。世事无常难料想，且将愁绪寄霄云。

二

山峦水曲约从游，雪月风花任瀚讴。离合悲欢情已矣，聊将感慨付春涛。

读担当《春来》诗有感

担当春日喜狂游，七十古稀尚风流。既已为僧当剃发，何来梅花插满头？

附：释担当《春来》诗

春来无日不狂游，折得梅花插满头。一来为僧天放我，而今七十尚风流。

警世

新春未至，而欲百花盛开，未之能也，以喻求财失富者。

岭南花卉已烂漫，北国初春未与闻。轻信传言求富贵，可怜无补费精神。

两会报道有感

两会委员代表于会上陈情献策，共商国是，同心勠力，集思广益，振兴中华有日矣，竹三为之抒怀。

关涉民生皆有见，心萦家国入情怀。委员代表俱风发，兴振中华岂梦哉！

垂钓

心定神闲老钓翁，垂丝江上气如虹。平生不取鱼虾辈，只钓王侯将相封。

附：高爱辰同学和诗

一个江湖老钓翁，天晴雨过对长虹。磻溪奇遇今何在？望眼时瞧天际鸿。

对弈

棋枰分楚汉，鏖战定输赢。落子惊风雨，功成上太清。

附：高爱辰同学和诗

龙争魂魄惊，一劫定输赢。妙合阴阳理，乾坤日夜清。

赋诗有感

闲居落寞意从容，偶发诗情唱大风。搜索枯肠寻意境，觅来佳句喜乘龙。
笔无彩凤双飞翼，却羡追云蔽月功。吟罢芜词无写处，关山目断送征鸿。

附：高爱辰同学和诗

无诗多日不从容，耳畔欣闻唱大风。星斗阑干难入寐，髭须数断喜腾空。
吟成惧夜鬼神泣，笔落惊风天地功。秋往春来生感慨，眺云望水觅归鸿。

歌吟偶感（二首）

一

诗吟惯用花兼草，歌赋难寻虎共龙。倘若有缘天赐与，敢谐律吕唱大风。

二

龙从云兮虎从风，烨烨生辉气若虹。何日有神弃琐碎，不吟小草颂青松。

蜗居写诗

春日偶成

鹊声春日动襟怀，绿满小园月季开。只为衰翁心寂寞，花香鸟语一齐来。

蜗居

室雅何须大，书香自可夸。幽思常浩邈，一缕飘天涯。

怜女情深

人言爱女小棉袄，我意棉袄胜玉珍。慨叹三春时问疾，哀怜廿载省晨昏。
舔犊心曲长已矣，反哺情深夺魄魂。却望乘风青霭外，残生不累女儿身。

注：舔犊，用舌头舔舐小牛，以喻父母爱怜子女。反哺，传说小乌鸦长大后，衔食喂养老乌鸦，比喻报答父母养育之恩。

怜女情深

建心之画

观建心作画

区区八尺画图中，尽纳山河与柏松。笔墨畅酣惊风雨，还期碧落现飞虹。

钻入夹缝

你房我舍各争雄，房舍相连四坐空。钻入夹缝难解脱，人生遭际与兹同。

钻入夹缝

社评

拜石歌

世上有奇石，颇类某先知。雕刻以成像，供人拜与祀。
石还是此石，祀祭有何益？且将拜石意，为民求福祉。

丙申冬月京中雾霾戏作打油

京城好大雾，一片朦胡胡。对面不见人，但闻声呼噜。
尘霾迷紫陌，幻景入仙途。美哉云中市，能饮一杯乎？

元日京华小雪又雾霾打油致意

元日京中真叫怪，迎来飞絮又阴霾。本期瑞雪兆年丰，孰料迷雾笼碧埃。
路上人人口戴罩，归家个个眼难开。小楼躲进成一统，管它呜呼与哀哉！

雾霾有感又作打油

天公不作美，连日起阴霾。迷雾笼朝野，混沌遍九垓。
有司急跳脚，百姓苦难捱。五毛在哪里？为何不救灾？

嘲楼市

楼市有泡沫，此言信不虚。地盘甫界定，资费倍增余。
今日初为云，明朝翻作雨。房价节节高，黎庶可安居？

议教育

教书神圣事，职任莳英才。解惑启民智，薪传正道开。
一朝成产业，铜臭染书斋。何日清风劲，歌诗咏泰来。

注：「一朝」二句，前些时日，有提出教育产业化者，把教育视作商业，遂至一些学校出现「高学费」「卖文凭」「科研抽成」等不良现象，污染学风。泰来，好事回来，语出古语「丕极泰来」，意指良好教育风气恢复。

打油医疗

生命诚可贵，医疗价更高。无疾不入院，有病心发毛。
检查全套做，输液更难逃。费用惊天价，蚁民吃得消？

说啃老

生当称好汉，死亦做宅男。啃老非甘愿，无为乃所欢。
平生少志气，半辈意阑珊。百业有此族？劝君莫漫漶。

注：阑珊，衰残。意阑珊，意志消沉。漫漶，文字图像不清，引申为糊涂。

讥捧角

艺苑众星多，细分影笑歌。出场费论万，演技欠研磨。
随处粉丝在，风魔可奈何？皆缘名与利，捧角毁山河。

刺豪富

近世多豪富，一掷百万金。名车兼巨宅，日换月更频。
淫侈荒天道，却无怜悯心。匡时共济世，万望与君亲。

雪压苍松

大雪压苍松，松刚不可折。转而压弱柳，柳荏呼啦跌。
人亦犹如此，刚柔境迥别。敬言为政者，慎莫稀怂也！

悼思

悼慈母

少小离家慕远游，长年暌别累亲忧。寒衣寄送儿身暖，山陬野居母泪流。
塞北岭南难拜省，幽明异路永思悠。爇香一束遥悼祭，泉下安息莫哀愁。

注：「寒衣」句，余青年时就读中山大学，岁冬自邕返穗，慈母消夜赶织毛衣，车行前令吾弟急送，毛衣握之尚温。「山陬」句，余壮岁曾下放晋南山区，居土窑中，生活颇苦，慈母闻之担忧。

拜祭母坟

甲午岁冬，珍姐自加拿大回华省亲，竹三奉陪，相偕返乡拜祭母坟，诗以记之。

龆年寒舍辞庭帏，白发回乡省暮云。萱草忘忧仍念子，甘棠睹物更思亲。
毕生长记倚门望，没世难忘慈母恩。千里南来诚拜祭，青山绿水哭孤坟。

注：龆年，童年。竹三孩提离家赴穗就学，甲午岁还乡扫墓，已近耄耋之年，白发苍苍矣。庭帏，慈闱，母亲的代称。暮云，用唐狄仁杰典。狄仁杰登太行山，见白云孤飞，谓左右曰，吾亲舍其下。此处暮云

喻指母亲。萱草，又名忘忧草，古人植于母亲堂前，后以萱草、萱堂代指母亲。甘棠，《诗经·召南》中的诗篇，全诗睹物思人，此指见坟而思亲。

梦忆母训

遐龄常忆少年时，默立萱庭有所思。梦里依稀慈母训，南柯一觉泪沾衣。

悼柳卿

倏尔韶光逝，相亲五十年。深山同看月，学府共开轩。
半世常依偎，三生未了缘。魂兮今已杳，泣泪落卿前。

注：「深山」二句：余与毓琴共偕连理，二十世纪七十年代，相依下放吕梁山中务农，后入山西师大及临汾学院任教。

哀柳卿

所亲罹恶疾，闻耗心悲摧。魂梦时牵惹，朝夕暗泪垂。
香消花惨恻，玉陨月徘徊。异路各幽明，哀哀心已隳。

祭柳卿

卿卿辞世日，倏尔已经年。供祭连朝夕，焚香接夜天。
相思魂欲断，追忆梦难圆。欢会再无期，心哀怅暮烟。

拜祭柳卿

山花欲放近清明，塞外陵园祭柳卿。命蹇缘悭难永守，心伤犹记沫濡情。

注：沫濡情，相互关怀之情，语本成语「相濡以沫」。

与柳毓琴喜获秋实

忆柳卿

忆想当年坠爱河，红旗猎猎唱浩歌。相思镇日难携手，追梦清宵没奈何。
两载无眠困网罟，三生有幸结丝萝。今卿远逝惟余在，回首往事泪滂沱。

哀云龙久骖

重逢西域日，相忆康乐时。笑谈剿匪事，喜吟苹果诗。
青春剧作伟，白发故人稀。魂兮从兹杳，哀哀伤永离。

注：「重逢」二句，一九九〇年夏，余赴乌鲁木齐参加西域戏剧与戏剧起源学术研讨会，与云龙、久骖同学相会，追忆康乐共读旧事。康乐本广州河南村名，中山大学于此建校，故校园称康乐园。「剿匪」「苹果」二句，云龙学长入学前为中国人民解放军某部连指导员，新中国成立初期曾参与广西剿匪，时述往事，同学极为钦敬。久骖学长于二十世纪五十年代《中国诗选》发表爱情诗作，诗云：「红红的苹果掉水里，沉下了又浮起，我的心掉进爱情的大海里，沉下了再也浮不起。」窗友传为美谈。「青春」句，云龙、久骖大学毕业后赴新疆工作，六十年代创作话剧《战油田》，参与全国戏剧会演。

与学兄龚龙

悼学文

惊悉仙逝在秋时，泪洒京华鬓已丝。百粤四年同浸润，中州一晤又别离。命途多舛如张镐，学术精严慕子思。盛世难逢真伯乐，空余感慨觅哀诗。

注：「百粤」「中州」二句，余与龚君学文于二十世纪五十年代末在广东中山大学中文系同窗共读，凡四年。一九八五年郑州举办中国古代戏曲学术研讨会，余与学文君相会，未及一周，匆匆作别。「命途」句，语本元马致远杂剧《荐福碑》。剧述书生张镐穷愁潦倒，寄住寺庙，长老怜悯，让其拓印寺中荐福碑碑文，作赴京赶考盘缠。不料当晚雷轰此碑，更使张镐落魄。学文君在校时博学多才，然受中学老师连累，郁郁不得志。大学毕业后，分配湖南山区任教，致患重病，后调回湖北，家境贫寒，忧郁弃世，命途多舛如张镐。「学术」句，子思为孔子之子，精于儒学，继承孔子学说，传于孟子。学文兄在湖北襄樊教师进修学校任教，为特级教师，并有著作行世。

宗礽先生

悼宗礽

宗礽先生早年毕业于南开大学，长期在山西师大执教，德才兼备，书法精研，诸生敬仰，后入《语文报》社任副总编，与余有旧，年前不幸于上海仙逝，心哀伤之，特作诗以悼。

惊闻噩耗自京华，海上魂归噪暮鸦。三晋口耕初识面，廿年聚首共朝霞。
文章老到惊凡辈，书法精研称大家。倚榻无眠忆故旧，梦魂得遇待仙槎。

注：海上，上海。

哀同窗

二十世纪五十年代，余于中山大学就读，与诸君同窗共学，其乐融融。毕业后窗友星散，近岁粤中绍雄、倬荣、立德相继仙逝，心哀伤之，作此以悼。

一生惧噩耗，近岁屡惊魂。百粤传星陨，京华伤雾纷。
往昔同论辩，分袂独衡文。喟叹情已矣，心哀哭斯人。

悼常金仓

常金仓君为山西省原平市人，曾就读山西师范大学历史系，与余有旧。后任辽宁师范大学教授、博士生导师。常君为中国古史专家，著有《晋国史纲要》《周代礼俗研究》《二十世纪古史研究反思录》《穷变通久——文化史学的理论与实践》等。不幸于二〇一一年赴福建讲学时猝然辞世，乃学界一大损失，诗以悼之。

惊闻噩耗痛哀哉，三晋悲失俊彦才。汾水潺湲声哽咽，恒山碧翠笼尘埃。
沉潜周礼通穷变，专志史学登风台。心仰蕙兰祈葳蕤，缘何摇落雨风摧？

清明奠祭

哀思缕缕近清明，奠祭山头松柏青。路上行人魂欲断，坟前亲眷泪潸零。
寒食已过燃新火，上巳将临动禊情。岁岁伤悲余此日，荒烟满目梦频惊。

附：高爱辰同学和诗

蒙蒙春雨湿清明，草细沿途思欲荣。料得断肠埋骨处，翻飞纸蝶伴悲声。
人生代代无穷恨，终古绵绵难尽情。信识离长望珍重，不希夜夜梦魂惊。

注：「路上」句，语本唐杜牧《清明》诗：「清明时节雨纷纷，路上行人欲断魂。」此处稍改。「寒食」句，旧时清明节前一、二日禁火寒食，并为节令。「上巳」句，古代三月上旬上巳节，于水边举行祓除不祥的祭祀，谓之修禊。寒食、清明、上巳三节相连，近世只余清明坟山拜祭矣。

风情

春日情思

骀荡春光惹寸衷，庭前默立怨花红。幽情无计可消却，唯有相思入梦中。

【仙吕·醉扶归】相思

想你怕你烦，不想我心伤。怎得相思海上方，慰我情惆怅？休笑我眠思梦想，怕牵挂苦恋也到你头上。

上元遐思

烂漫新春到，佳节安在哉？无灯同璀璨，有月独徘徊。
柳梢玉轮满，花香梅蕊开。蓦然回首处，不见伊人来。

注：「无灯」句，元宵节又称灯节，旧俗其夜街市欢歌，花灯璀璨，士女聚观。今居闹市，明月当空，

京城已无灯可观矣。「柳梢」句，语本宋欧阳修〔生查子〕《元夕》词：「去年元夜时，花市灯如昼。月上柳梢头，人约黄昏后。」（又有以为此词为朱淑真作）玉轮，月亮。蓦然二句，化用宋辛弃疾〔青玉案〕《元夕》词「众里寻他千百度，蓦然回首，那人却在灯火阑珊处」诗意。

忆旧

魂追旧事已如烟，梦断珠江不记年。堪叹当时情未了，可怜霜鬓哀暮天。

【后庭花】贺诞

仙姬盛夏惹尘缘，花香满园。寒公喜得小婵娟，阖家魂牵。
今朝玉轮溢清妍，人月团圞。祈愿所欢常秀彦，寿永福添。

乙未新春诗呈所思

相逢何必雪飞扬，梅蕊含情沁异芳。世上知音何处觅？心香一瓣敬红妆。

忆西厢事戏作

乙未初春，瑞雪漫天，梅花绽放，忆西厢故事戏而作此。

漫天瑞雪待红妆，梅蕊输香春日长。雪影花前谁缱绻？回眸一笑是崔娘。

春日偶书

乙未初春，京中夜降瑞雪，想象红妆踏雪寻梅，赋得一律。

一夜朔风起，琼花遍地开。玉龙春蜕甲，银凤夜侵阶。
梅蕊清香沁，雪韵旖梦来。红妆何日至？白马正心哀。

书怀

初识香云洛水边，花开花落不经年。桃映人面迷红陌，月上柳梢没紫烟。
一缕情思长缱绻，三生魂梦永缠绵。何当共饮琼筵醉，遥看银河不夜天？

注：识，认得、记住。香云，美发，喻美好女子。「人面」句，暗用唐崔护《题城南庄》诗意：「去年今日此门中，人面桃花相映红。人面不知何处去，桃花依旧笑春风。」迷，消失。红陌，喻秀美乡间。「柳梢」句，见《上元遐思》注。没，没入。紫烟，喻指虚幻境地。二句皆云难见所思也。「银河」句，用七夕银河牛女鹊桥相会典，此指渴望能与心中红妆相会。

香奁诗

乙未开年瑞雪，拟想姮娥情事，晨起感赋。

大地茫茫白絮飞，素娥泣泪化琼霏。胸中无限伤心事，何日相偎看落晖？

无眠

纷纭心绪乱如麻，夜半无眠忆小花。梦断巫山何处觅？相思一缕到天涯。

仿崔张事寄赠

幽兰翠竹伴诗香，月朗风清夜梦长。但得崔娘一下顾，此生不负满头霜。

夜起相思（二首）

一

清宵难入寐，中夜起相思。长记花开日，与卿分袂时。
茫茫心怅惘，落落意痴迷。白马魂欲断，红妆知未知？

二

清辉三五夜，望月起相思。万里关山隔，千朝肝胆痍。
今夕知何夕？佳期恨无期。鱼雁无消息，魂兮何所依？

静夜思——夜观牛女

清宵寂寂晚凉侵，银汉迢迢见苦辛。缱绻七夕怜阻隔，缠绵万载盼佳音。
情思一缕萦卿梦，残月半轮牵我心。夜夜更深人不寐，此生永拜石榴裙。

【落梅风】惜别

才欢悦，却离别，泪眼相看情惨切。歹车儿载将伊去也，再相逢到甚年月？

寄赠

春梦难成，情怀落寞，夜不能寐，遥寄所思。

千里传莺语，相思春梦浓。情怀终落寞，花谢水流东。

初春喜雪

白絮飘芳树，临风赏雪飏。春江水暖日，红袖可添香？

病吟

惊闻噩耗

二〇一三年体检，查出患十二指肠腺癌，心颇忧伤。后思有疾，既来之，则安之，平静面对可也，作此自勉。

初闻噩耗自心伤，五内如焚意仓皇。世事纷纭难预料，何妨一笑会阎王。

初临手术

余年过七五，今岁检出十二指肠腺癌，住中国医学科学院北京肿瘤医院，得白晓枫大夫诊治，开膛手术有惊无险，喜而赋诗，以记所历。

身患绝症上术台，无影灯下费疑猜。幸有华佗飞刀技，捡回小命乐咍咍。

注：咍咍（haihai），欢笑貌。

病中鼾扰

同室女病人倩夫君伴宿，其夫中夜鼾雷大作，声震屋宇，不才夜不能寐，聊作打油记之。

中夜惊雷传病榻，宛如万马踏天庭。东君敕令细察看，却是壮夫伴倩卿。

病中二进宫

十二指肠腺癌术后，甲午岁冬复检，又查出患原发性肺癌，入院手术前夕，聊作打油小诗，笑呈诸公哂正。

世人皆惧癌魔凶，却有黄生意自雄。去了肠癌迎肺厄，肿瘤医院二进宫。

又挨开刀

去岁今朝，连遭恶疾，入院治疗。手术前夕，夜不能寐，偶得芜句，敬呈诸公。

一自癌魔肆虐风，三生有幸两飘蓬。黄云万里迎飞雪，绿柳千条仰劲松。
故作豪言呈友辈，却寻芜句寄情衷。东方欲晓盈曦日，还照床前一衰翁。

二入鬼门关

不才黄某于肿瘤医院手术，入手术室时因糖尿病血糖过低，突然昏厥。经医生抢救，有惊无险，手术顺利，戏作打油贺之。

七六老翁兴致高，鬼门关里走一遭。阎王见了不欢喜，敕令回阳吃炸糕。

白衣天使

白衣天使小娉婷，端药吊针笑盈盈。款语轻声勤看护，春风化雨润心灵。

风雨四进宫

少年未识战旗红，壮岁优游四季风。晚景遘疾等闲事，何妨风雨再进宫。

中秋病思

中秋之夜，竹三羁留北京胸科医院，缠绵病榻，遥望南天，怅然喟叹，诗以寄之。

星河灿烂中秋夜，朗月团圞人未圆。独卧病榻难禁持，可怜无补梦魂牵。

在北京安贞医院手术后

开颅有感（三首）

丙申季春不慎跌倒，颅内硬膜下血肿，又入北京安贞医院手术，得诗三首，录而存之。

一

黄生豪气干霄汉，三进鬼门意若闲。惨雾愁云连子夜，头颅凿处血斑斑。

二

耄耋老翁四进宫，胆敢开膛更钻洞。今宵凿开颅顶骨，灵光一闪沐春风。

三

黄生多苦难，晦气在猴年。平地起风波，跌跤舞蹁跹。
头颅动手术，僵卧病榻前。百日仍未好，哎呀我的天！

病中喜猫

病中喜猫

北京胸科医院饲养猫儿多只，其一苍色，为欧产名种，温驯可爱，常与病人做伴。

猫咪古语称狸奴，品性温驯爱呼噜。昔日宫中换太子，今朝医院伴寒儒。

注：呼噜，形容猫儿蹲坐时喉咙发出的声音。换太子，我国戏曲中有《狸猫换太子》剧目。

骨扫描

小可因患肺癌住北京胸科医院，做全身骨扫描检查，入影像室二十分钟，手足被捆，不能动弹，百无聊赖，口占一绝，以释怅怀。

CT、B超皆做遍，今朝又历骨扫描。人生罹难寻常事，苦乐何尝不逍遥？

病中答谢诸君慰问

厄运连连遭烈风，烟波江上几飘蓬。衷心拜谢相怜意，雨过天晴见彩虹。

网讯

电脑

手提电脑漫天游，资讯万千发与收。寰宇传络堪称便，于今科技第一流。

电邮发送

电波传递发天涯，伊妹死机信有差。急按键盘重启动，鼠标一点到诗家。

注：伊妹儿，英语 e-mail 之音译，电子邮件。

长用电脑遭罪

机前操作意迷离，镇日长随累腰肢。隐痛发麻鼠标手，谨防病害莫相疑。

手机

当年曾叫大哥大，今日手机遍中华。微信视频连拍照，万民争拜合欢花。

迷玩手机

弯腰搭脑身如弓，走路乘车昏似虫。意惘神迷疑吸毒，手机危害莫轻踵。

注：踵，跟随。

手机漫游

忆昔长话曰漫游，资费高昂用户忧。今日视频出网络，气得电信直摇头。

爱派特

手持爱派兴致浓，电脑手机皆可通。资讯片刻传宇宙，万家欢庆乐无穷。

注：爱派特，ipad的音译，一种电子产品，联络电脑与手机，具有传送信息、拍摄、游戏等多种功能。

微信

于今手机微信当红，近日长话漫游减价，堪笑有司作秀。

手机微信实堪夸，传递快捷费有涯。长话漫游从此逝，可怜作秀镜中花。

爱奉

电子新宠数爱奉，居家出外意从容。手机电脑连一体，星汉遨游醉仙风。

注：爱奉，iphone 的音译，手机的一种，功能较先进。

视频聊天

可聊可看赛来鸿。网络视频建首功。千里友朋相聚会，殷勤如酒沐春风。

注：来鸿，古人有鸿雁传书之说，此指书信。

网购

无肆无店涉商河，世上新闻近日多。足不出门可购物，手机一点奏笙歌。

网购须忧

近年兴网络，购物不须愁。电脑一轻点，东西次日收。
谨防不法商，假货让君忧。切勿图方便，权益任弃留。

快递

从来寄物凭邮政，今日传输另有门。快递公司遍寰宇，万家千户乐纷纷。

微博

微信手机各有群，群涯无际是微博。名家于此发鸿文，小众从兹聊私谟。
议论风生谈国是，牢骚水起叹蹉跎。但求有司常垂顾，百姓欢颜尽浩歌。

注：谟，计划。私谟，个人感慨。

后记

我从小就喜欢诗词。

记得一九五七年我读高中的时候，中学语文课本改革，分「文学」和「汉语」两部分讲授。文学课本介绍我国历代的文学作品，从《诗经》《楚辞》到唐诗宋词，从宋元话本到明清小说，让我感受到中国文学的绚丽多姿与艺术魅力。尤其是诗词，更让我入迷，至今我还能背诵那些入选的名篇。考上大学，我在中山大学读的是汉语言文学专业，接触到更多的诗词作品。中大中文系师生有写诗填词的传统，学生们创立中大诗社，交流写作经验；老师们春节团拜，时有诗词唱和。我受到影响，也偷偷学着作诗，虽不登大雅之堂，自个儿却也其乐无穷。

大学毕业后，我经历了风风雨雨，感受到人生的哀乐，有时便用诗词记录这些经历与感慨，于是便有了一本《浮生诗草》的诗集。那里有初涉世事的彷徨、下放山村的艰辛、神州览胜的酣畅、菊部寻芳的欢愉，以及百花吟诵、闲情偶记、社会议评、晚霞遄飞，自以为写出了一个时代某一些知识分子的遭际经历和思想变化，或可留作纪念，或可与诗友交流，甚或可以给年轻的朋友了解以往，展望未来。

《浮生诗草》出版后，师友们看了觉得有点意思，志峰同学发来伊妹儿，建议我再作「黄诗」(诗集出版前，因收诗三百，作者姓黄，有人开玩笑说，不妨效《唐诗三百首》例，称《黄诗三百首》，出版后人争购之，当令洛阳纸贵）。我也因写顺了手，欲罢不能，于是在读书写作之暇，有时便因景生情，以诗言志，看到世相，发点感慨，日积月累，遂有了近二百首芜作。因为是《浮生诗草》出版后晚年之作，故拟名《晚霞吟草》，又因为退休之后蜗居京华，不可能再畅游祖国河山，经历更多世事，写作的范围似乎少了些，但又增加了交谊、悼思、病吟、网讯等内容，有些描写宽广了些许，感慨也厚重了些许，也不算是无病呻吟之作吧。

前些日子，三晋出版社的张继红社长到北京，探望因病治疗的我，看了《晚霞吟草》的诗稿，以为可以称作是《浮生诗草》的姊妹篇，让我稍作整理，以便印行。承继红君美意，我便遵嘱加以润色，并敬请学友郭启宏兄为之作序，建心、黄河为之整理插图、照片，这样便成了一本新诗集。他们的襄助，使诗集生色不少，在此，我表示深深的谢意。

献芹之作，贻笑大方，敬请指正。

竹三于京郊万科城市花园

图书在版编目（CIP）数据

晚霞吟草／黄竹三著. -- 太原：三晋出版社，2017.7

ISBN 978-7-5457-1536-1

Ⅰ.①晚… Ⅱ.①黄… Ⅲ.①诗集－中国－当代 Ⅳ.①I227

中国版本图书馆CIP数据核字（2017）第155626号

晚霞吟草

著　　者：黄竹三
责任编辑：冯　岩
责任印制：李佳音
封面设计：郭智勤
出 版 者：山西出版传媒集团·三晋出版社（原山西古籍出版社）
地　　址：太原市建设南路21号
邮　　编：030012
电　　话：0351-4922268（发行中心）
　　　　　0351-4956036（总编室）
网　　址：http://www.sjcbs.cn
经 销 者：新华书店
承 印 者：山西臣功印刷包装有限公司
开　　本：787mm×960mm　1/16
印　　张：9.75
字　　数：60千字
版　　次：2017年7月 第1版
印　　次：2017年7月 第1次印刷
书　　号：ISBN 978-7-5457-1536-1
定　　价：68.00元